Pour David et Bakhta

Traduit de l'anglais par Anne de Bouchony

Titre original : *I Want Two Birthdays!*
Publié par Andersen Press Ltd., Londres
© Tony Ross 2008, pour le texte et les illustrations
© Gallimard Jeunesse 2008, pour l'édition française
Numéro d'édition : 157571
Loi n° 49-956 du 16 juillet 1949
sur les publications destinées à la jeunesse
Dépôt légal : août 2008
Imprimé en Italie par Grafiche AZ

ISBN : 978-2-07-061910-8

Je veux DEUX anniversaires!

Tony Ross

GALLIMARD JEUNESSE

C'était l'anniversaire de la petite princesse.
Elle avait un gâteau royal et plein de cadeaux.
– Maman, demanda-t-elle, pourquoi as-tu deux
anniversaires et moi, un seul ?

– Eh bien ! dit la reine, les reines ont toujours deux anniversaires : un à fêter avec toi, et un autre à fêter avec tout le monde.

– Alors, je veux deux anniversaires ! dit la petite princesse.

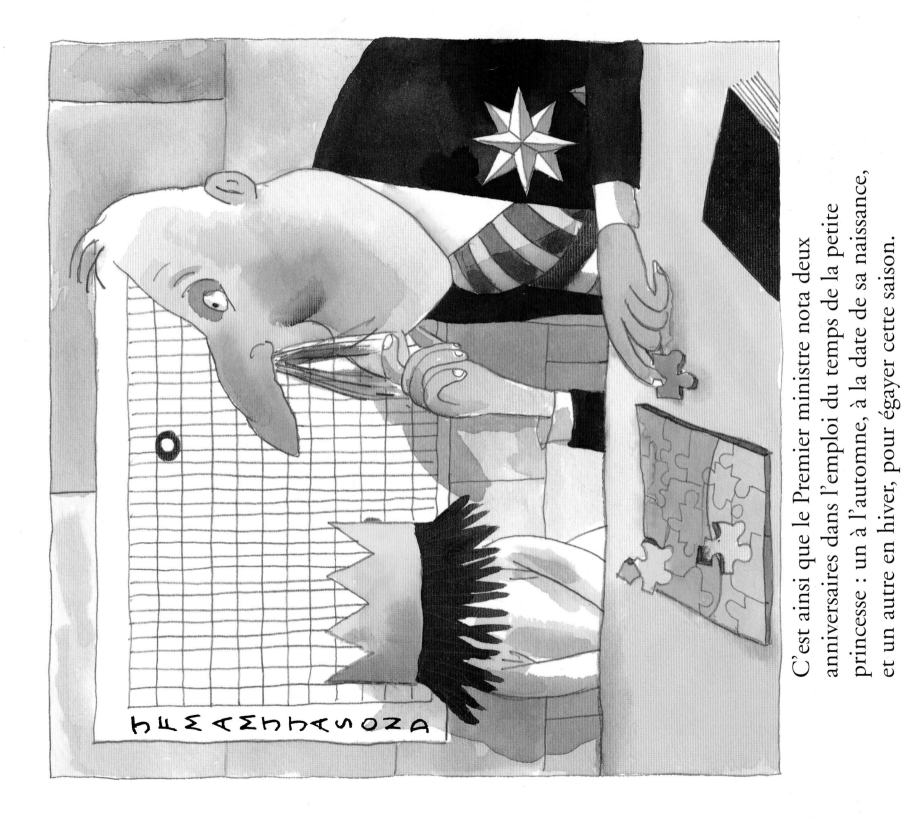

C'est ainsi que le Premier ministre nota deux anniversaires dans l'emploi du temps de la petite princesse : un à l'automne, à la date de sa naissance, et un autre en hiver, pour égayer cette saison.

Deux anniversaires impliquent deux gâteaux, et deux fois plus de cadeaux.
— C'est SUPER ! s'écria la petite princesse. Mais TROIS anniversaires seraient encore mieux.
C'est ainsi que trois anniversaires furent notés dans l'emploi du temps…

... un en automne, à la date de sa naissance,
un en hiver, pour égayer cette saison, et un au printemps.

— On ne peut pas faire d'exception pour l'été,
dit la petite princesse. Je veux QUATRE anniversaires !

La petite princesse adorait ses anniversaires.
Elle adorait se lever ce jour-là, et se faire belle.
Elle adorait les gâteaux et les cadeaux d'anniversaire.

« Pourquoi ne pas avoir encore plus d'anniversaires ? » se dit-elle.

Elle en parla alors avec le Premier ministre qui nota plus d'anniversaires dans l'emploi du temps. Rapidement, elle eut un anniversaire chaque jour de l'année.

Chaque jour, le cuisinier devait faire un nouveau gâteau. Mais il était moins gros. Et chaque jour, tout le monde devait acheter des cadeaux. Mais ils étaient moins beaux.

L'amiral lui offrit un morceau de son chewing-gum mâchouillé.
Le général lui donna un bout de ficelle avec un nœud.
La gouvernante lui offrit une vieille pince à linge en bois.

Le lendemain, le roi lui offrit un crayon cassé.
– Demain, promit-il, tu auras un vieux stylo à encre vide.
– Beuuuhhhh ! fit la petite princesse. C'est nul !

Elle goûta le gâteau d'anniversaire du jour et le recracha aussitôt.
– Beuuurrrk ! s'écria-t-elle. Ce n'est pas un gâteau d'anniversaire !
Et les cartes d'anniversaire de la semaine restèrent sur le dessus de la cheminée.

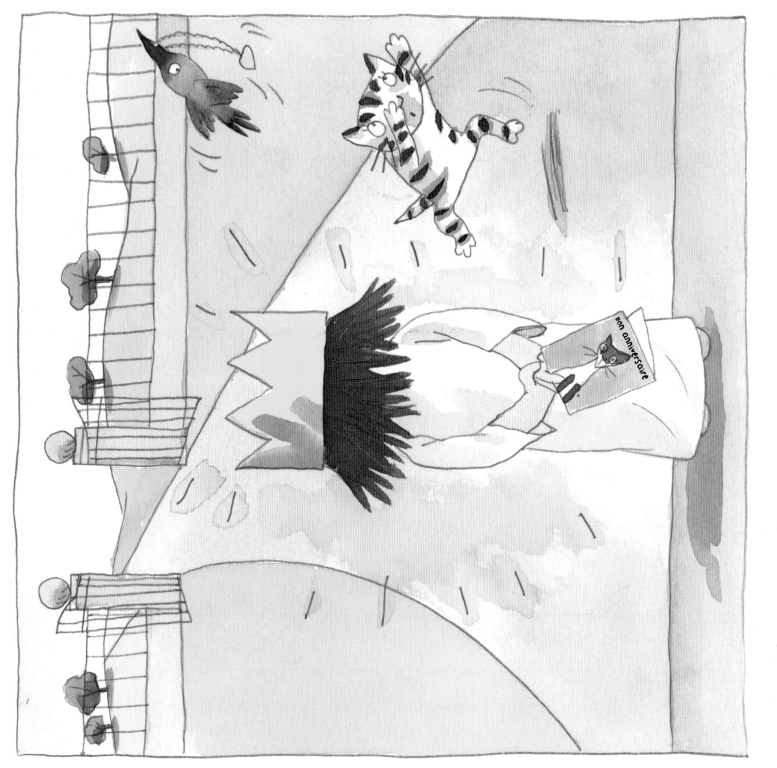

Chaque jour, la petite princesse devait être impeccable pour son goûter d'anniversaire, mais bientôt, plus personne ne vint, faute de cadeaux à offrir.

À la fin, Nounours restait le seul au goûter.
– Où est mon cadeau, Nounours ? demanda la petite princesse.
« Je n'en ai pas apporté, je ne suis qu'un ours en peluche.
Bon anniversaire ! » crut-elle entendre.

Le jour suivant, la gouvernante entra dans la chambre de la princesse.
– Bon anniversaire, princesse, dit-elle. Lève-toi et fais-toi belle.
Tu sais qu'il y a encore un goûter.

— Oh, NON ! geignit la petite princesse. J'en ai assez ! Pourquoi ne puis-je pas jouer comme avant ? Pourquoi dois-je toujours être impeccable ?

— Parce qu'aujourd'hui, c'est ton ANNIVERSAIRE ! répondit la gouvernante. Mets cette belle couronne toute propre.

– C'est TOUS LES JOURS mon anniversaire ! sanglota la petite princesse. Je veux qu'aujourd'hui soit un jour spécial, différent de tous les autres.

– Alors, il faut aller en parler à ta maman et à ton papa, dit la gouvernante.

— Je veux qu'aujourd'hui soit un jour spécial, différent de tous les autres !
dit la petite princesse.

— Heummmmm ! grommela le roi. C'est un non-anniversaire dont tu as
besoin, juste un non-anniversaire chaque année, et ce sera ta journée spéciale !

– Ouiiiiiiiiiii ! fit la petite princesse d'une voix perçante. Super, quel jour vais-je choisir pour mon non-anniversaire ?
– Pourquoi pas le jour de ta naissance ? Tout le monde peut s'en souvenir, et c'est mercredi prochain.

La petite princesse était absolument enchantée.
Elle dut attendre une semaine entière pour fêter son non-anniversaire...
et quand il arriva enfin...

... le cuisinier fit un gâteau de non-anniversaire très spécial
et tout le monde offrit des cadeaux très spéciaux.
La petite princesse vécut une journée très spéciale.

Et elle devrait patienter une année entière jusqu'au suivant !
– J'aimerais bien avoir un non-anniversaire tous les jours ! dit-elle.
– Dans ce cas, ce ne serait plus spécial, non ? dit la gouvernante.

La petite princesse en album
aux Éditions Gallimard Jeunesse

Je veux grandir !
Je veux manger !
Je veux une petite sœur !
Je ne veux pas aller à l'hôpital !
Je veux ma tétine !
Lave-toi les mains !
Je veux ma dent !
Je ne veux pas aller au lit !
Je veux ma maman !
Je veux un ami !
Je ne veux pas changer de maison !
Je veux de la lumière !

Livre à rabats

Je veux mon cadeau !

En album tout carton
pour les petits

Je veux grandir !
Je veux manger !
Je veux une petite sœur !
Je veux ma tétine !

En Folio Benjamin

Je veux mon p'tipot !
Je veux grandir !
Je veux manger !
Je veux une petite sœur !
Je ne veux pas aller à l'hôpital !
Lave-toi les mains !
Je veux ma dent !

Les histoires de la petite princesse à la télévision
sont également publiées par Gallimard Jeunesse.
www.petiteprincesse.fr